献给我的母亲玛莎
是她让小时候的我守规矩

献给我的太太海蒂
是她让现在的我有规矩

作 者 小 语

　　几年前，我的母亲寄来一本书，那是我还是个小男孩儿时的作品，书名叫做《大卫，不可以》。书里画的全是各种我小时候不被允许做的事，里头的文字则几乎都是——"大卫"和"不可以"（这是那时候我唯一会写的字）。重新创作这本书的主要原因是，我猜想这会很有趣，同时也是纪念"不可以"这个国际通行、在每个人成长过程中必会听到的字眼儿。"可以"、"很好"当然是很棒的词儿，不过，这样的词儿显然没有办法阻止蜡笔因此远离客厅的墙壁。

大卫的妈妈总是说……

大卫，不可以！

图书在版编目（CIP）数据

　　大卫，不可以！ ／（美）香农著绘 ；余治莹译. ——
石家庄 ：河北教育出版社，2007.4（2016.6重印）
　　书名原文：No，David！
　　ISBN 978-7-5434-6463-6

　　Ⅰ．①大… Ⅱ．①香… ②余… Ⅲ．①儿童文学－图
画故事－美国－现代 Ⅳ．①I712.85

　　中国版本图书馆CIP数据核字(2014)第082821号

　　冀图登字：03-2012-062

No, David!

大卫，不可以！

编辑顾问：余治莹

译文顾问：王 林

责任编辑：袁淑萍　马海霞

策划：北京启发世纪图书有限责任公司
　　　台湾麦克股份有限公司

出版：河北出版传媒集团
　　　河北教育出版社 www.hbep.com
　　　（石家庄市联盟路705号 050061）

印刷：北京盛通印刷股份有限公司

发行：北京启发世纪图书有限责任公司
　　　www.7jia8.com　010-59307688

开本：889mm×1194mm　1/16

印张：2.5

版次：2007年4月第1版

印次：2016年6月第41次印刷

书号：ISBN 978-7-5434-6463-6

定价：33.80元

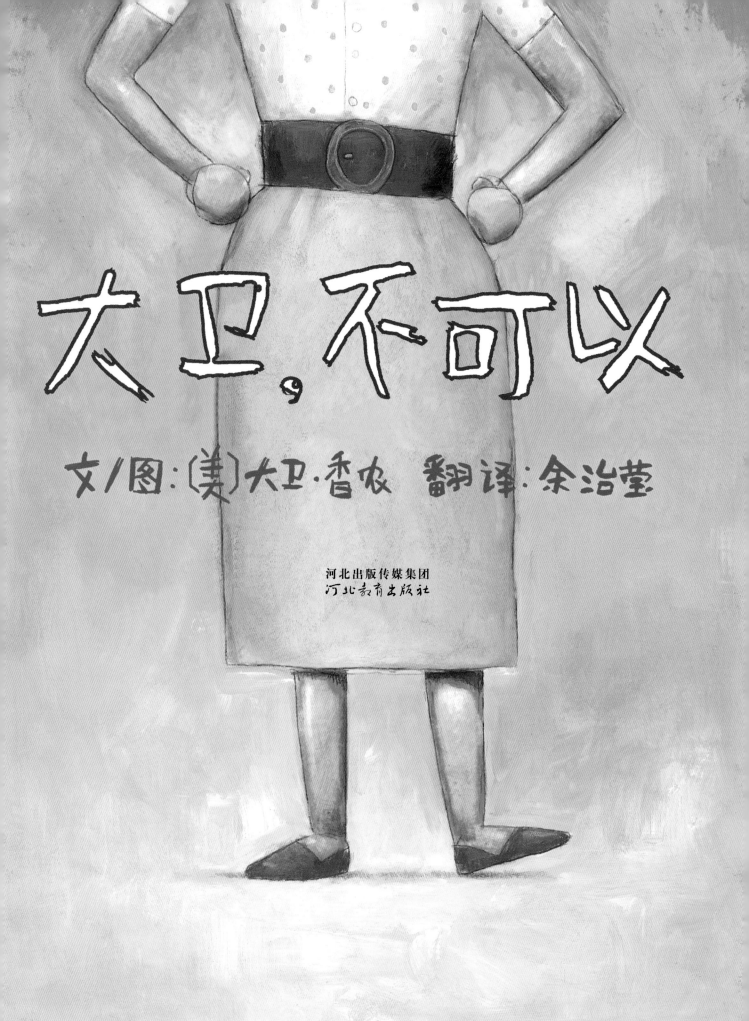

大卫，不可以

文/图：〔美〕大卫·香农　翻译：余治莹

河北出版传媒集团
河北教育出版社

大卫,

快回来！

大卫，

不要吵！

不要吃了！

回房间去!

躺下来！

屋子里玩！